神
店

귀하고 신기한 물건을 파는 지하 37층

귀신상점 1

귀신상점 1

1판 1쇄 인쇄 2024년 12월 20일
1판 1쇄 발행 2025년 1월 2일

글쓴이 임정순
그린이 다해빗

펴낸이 정중모
펴낸곳 열림원어린이

주간 서경진 | 편집 정혜연, 김보라 | 디자인 권순영
마케팅 홍보 김선규, 고다희 | 디지털콘텐츠 구지영
제작 윤준수 | 회계 홍수진

등록 1988년 1월 21일(제406-2000-000202호)
주소 경기도 파주시 회동길 152
전화 031-955-0670 | 팩스 031-955-0661
홈페이지 www.bbchild.co.kr | 전자우편 bbchild@yolimwon.com

ISBN 978-89-6155-538-8 73810

어린이제품안전특별법에 의한 제품 표시
제조자명 열림원어린이 | 제조년월 2024년 12월 | 제조국 대한민국 | 사용연령 7세 이상

귀하고 신기한 물건을 파는 지하 37층

귀신상점 1

임정순 글
다해빗 그림

열림원어린이

이게 무슨 소리일까요?
드디어 손님이 오시는군요.
이번에는 어떤 손님이
오실까요?

너무 재미있어서 오싹오싹 소름이 돋는 지하 37층 이야기의 차례

프롤로그

드넓게 펼쳐진 꽃밭이 있다. 온화한 미소를 띠며 꽃밭을 둘러보던 여인의 얼굴이 순간 굳어졌다. 여인의 보살핌으로 꽃들이 싱싱하지만 그중에서 유독 시들시들한 꽃이 눈에 띈다. 손바닥보다 큰 푸른 꽃이다. 그 꽃은 축 늘어져

있지만 몸을 일으켜 보려고 꽃대를 꼿꼿하게 세운다. 하지만 다시 축 늘어져 버린다. 꽃은 그럼에도 필사적으로 몸을 세운다.

"가엾기도 하지."

여인은 안간힘을 쓰는 꽃을 보며 안쓰러워한다. 그러다 무슨 생각이 들었는지 급히 걸음을 옮긴다.

꽃밭 위로 사람 얼굴을 한 인면조들이 날아다닌다. 여인은 인면조 루루와 인사를 하고 서둘러 가게로 들어간다. 가게 이름은 '귀신상점'이다. 이름처럼 귀하고 신기한(貴神) 물건을 파는 상점이다.

"목요야, 손님이 올 모양이니 문 열 준비를 하자."

여인은 상점에 들어서며 크게 외쳤다.

"드디어 손님이 오시는군요. 이번에는 어떤 손님이 오실까요?"

목요의 반짝이는 눈이 기대감으로 푸르게 빛났다.

인싸 여우눈알안경

'이번에 꼭 회장이 되고 싶어.'

단우는 회장이 되어 반을 잘 이끌어 가거나 봉사하고 싶은 생각은 없었다. 그저 남자 회장이 되어 공미미와 리더십 캠프에 참가하고 싶은 마음, 딱 그 마음뿐이었다. 분명히 공미미가 여자 회장이 될 테니까.

공미미는 단우가 유치원에 다닐 때 처음으로 결혼하자고 고백해 온 친구이다. 보조개가 들어가는 뺨에 기다란 속눈썹을 가진 미미는 동그란 눈을 깜빡이며 단우가 울 때마다 눈물을 닦아 주고 손을 꼭 잡고 위로해 주었다. 미미는 목소리도 크고 말도 똑 부러지게 잘했다. 게다가 친절한 성격을 가져 인기가 많았다. 미미는 특히 단우에게 더 친절했다.

"우리 나중에 결혼할래?"

일곱 살 때 미미가 단우에게 고백했다. 하지만 초등학교에 입학하고 나서 미미가 다른 동으로 이사 가면서 둘 사이는 점점 멀어졌다.

단우는 학교에 입학하면서 바빠졌다. 학교가 끝나면 학원에 다니기에 급급했고 학원에 가서도 영어 단어를 외우거나 문제 풀이에 매달렸다. 땀 흘리는 것을 싫어해 운동도 피하고 게임도 하지 않아 친구들과 말이 통하지도 않았다. 학교에 가서도 쉬는 시간에 책을 읽거나 학원 숙제만 했다. 그 결과 3학년 때 학원에서 최상급 반에 들어갔다.

"어, 단우다!"

미미는 단우를 단박에 알아봤다. 단우는 심장이 덜컥 내려앉는 것 같았다.

"너, 공……, 미미!"

단우는 그날 처음으로 수업에 집중할 수 없었다. 선생님 말이 아무것도 들리지 않고 수업 내내 미미 뒤통수만 바라보았다. 가끔 미미가 방글방글 웃으며 단우를 돌아볼 때는 숨도 쉬지 못했다.

최상급 반에 학생이 열 명 있었는데 미미는 그중에서 가장 '인싸'였다. 다른 친구들에게 먼저 다가가 말도 잘 걸고, 해외에 발령받은 아빠를 따라 2년 동안 외국에서 살았기 때문에 영어도 유창하게 했다. 미미는 인사이더(insider) 중에서도 최고 인사이더, 한마디로 '핵인싸'였다.

단우는 학원에 가는 시간이 기다려졌다.

그러던 어느 날이었다. 언제나처럼 기대감에 부풀어 학원에 갔지만 미미와 몇몇 아이들이 보이지 않았다.

"오늘은 임원들만 간다는 리더십 캠프가 있어서 그런지 아이들이 많이 빠졌네. 역시 최상급 반 학생들이라 학교에서도 인기가 많은 모양이다."

미미가 없는 교실은 갈비찜에 갈비가 빠진 것처럼 허전하고 밍밍했다. 수업도 재미가 없었다.

주말이 지나 학원에 갔다.

그런데 미미는 단우에게 손만 흔들고 옆에 앉은 강호랑 장난치며 수다만 떨었다.

"이번 리더십 캠프, 진짜 재미있지 않았냐?"

뒤쪽에 앉았는데도 강호 목소리가 또랑또랑 들렸다.

"진짜 재미있었어."

"나도!"

리더십 캠프에 다녀온 아이들은 끼리끼리 모여 쉬는 시간마다 자기들끼리 떠들었다. 그날은 화장실에 가다가 처음으로 미미와 말을 할 수 있었다.

"단우야, 내년에는 너도 같이 리더십 캠프에 가면 좋겠다."

미미가 그렇게 말하고 배시시 웃었다.

하늘이 도왔는지 4학년 때 단우는 공미미와 같은 반이 되었다.

'이번에 기필코 회장이 되어야 한다!'

할아버지 생신날 사촌 형을 만났다. 재현이 형은 고등학생인데 초등학교 때부터 한 번도 회장을 놓치지 않았다.

"형, 어떻게 하면 회장이 되는 거야?"

"회장 아무나 되는 건 아니다. 형처럼 인물 되고, 말발 되고, 운동도 잘하고 공부, 아니 머리 회전도 빨라야 하지!"

형이 고개를 치켜들며 거드름을 피웠다.

'말발 별로지? 인물 별로지? 운동도 못하지? 그럼 나는 안 되는 거야?'

단우는 한숨을 푹 내쉬었다.

"그렇다고 방법이 없는 건 아니다."

형이 단우 머리를 흩뜨리더니 귓속말을 했다.

"이건 영업 비밀인데 네가 사촌이니까 특별히 말해 준다."

사촌 형이 귓속말로 6년 동안 쌓아 온 특급 비밀을 털어놓았다.

"진짜 그렇게만 하면 되는 거지?"

"특히 신학기에 하는 게 유리해. 목소리 큰 애 사귀기, 드립 쳐서 애들 웃기기, 필살기 보여 주기. 그거면 끝이야!"

단우는 학교에 가자마자 민수 패거리에게 다가갔다. 민수와 우식이 그리고 현기는 쉬는 시간마다 교실 뒷자리에 앉아 '부루마불'이나 '할리갈리' 같은 보드게임을 했다.

"나도 같이 해도 돼?"

"너, 오늘은 공부 안 해?"

민수는 그러면서 엉덩이를 비켜 단우를 앉게 해 주었다. 단우는 민수 패거리들과 할리갈리 게임을 했다. 카드에 그려진 과일 숫자가 맞으면 재빨리 종을 치는 게임인데 속력과 순발력이 필요하다. 민수는 카드를 넘기자마자 종을 내리쳤다. 어찌나 세게 치는지 옆에 있는데도 귀가 다 얼얼했다.

"아싸, 또 이겼다!"

민수는 이길 때마다 소리를 바락바락 지르며 일어서서 엉덩이 춤을 추었다.

"천민수, 조용히 안 해?"

공미미가 소리를 질렀다. 민수는 혀를 날름 내밀더니 다시 과일 카드를 돌렸다. 미미에게 미안했지만 지금은 민수 신경을 건드리지 않는 게 더 큰일이었다. 민수는 애들이 뭐라고 하건 말건 이기면 소리부터 질렀다. 아이들이 째려보자 단우는 똥 마려운 아이처럼 집중이 되지 않았다.

'회장이 될 때까지만 참자.'

단우는 드립 치는 법도 인터넷을 뒤지며 열심히 찾았다. 사회 시간에 선생님이 환경 오염에 대해 설명하면서 질문하셨다.

"21세기 다음에는 어떤 일이 다가올까요?"

단우는 손을 번쩍 들었다.

"21세기 다음은 22세기가 다가오지요."

그 순간 교실에 정적이 흘렀다. 하지만 민수는 책상을 치며 웃었다.

선생님이 한숨을 내쉬더니 설명을 시작했다.

"기후 변화가 심각해요. 비도 많이 내리고. 특히 산성비는 위험해요."

"뭐가 위험한데요?"

누군가 묻자 단우는 잽싸게 드립을 쳤다.

"빡빡 대머리가 늘어나지!"

단우의 드립에 아이들이 까르르 웃었다. 모든 일들이 계획대로 척척 되어 가고 있었다.

드디어 회장 선거 당일이 되었다.

남자 회장 후보로 나온 아이는 고동찬, 민우혁, 구단우였다. 인기 많은 민우혁은 짧고 굵게 아이들의 눈길을 사로잡았고,

고동찬은 자신의 필살기인 춤으로 공약을 표현했다. 통통한 뱃살을 출렁이며 리듬을 타는 동찬이의 춤 실력은 놀라울 정도였다. 동찬이의 공약이 끝나고 단우 차례가 왔다. 단우는 수학 올림피아드에서 받은 상과 영어 말하기 대회에서 받은 상, 그리고 독후감 대회에서 받은 상들은 코팅해서 펼치고 메달은 목에 걸었다. 그리고 자신의 필살기인 공부 실력으로 반을 이끌겠다고 공약했다.

회장 선거 결과 단우는 딱 한 표를 받았다.

"야, 한 표가 뭐냐? 그거 네가 뽑은 거 아냐? 그러면 완전 빵 표인데!"

민수가 말했다.

"상 가지고 나와서 잘난 척할 때 그럴 줄 알았다."

우식이와 현기도 비웃었다.

"메달을 때깔 좋게라도 꾸몄다면 뽑으려고 했는데 너무 구려."

구관조 머리처럼 염색한 고혜나가 아이들 앞에서 망신을 주었다.

"오늘 회장 선거 기념으로 우리 엄마가 햄버거 쏜다고 하니, 미스터햄으로 와."

남자 회장으로 뽑힌 민우혁이 학교 끝나고 말했다.

요즘 이 동네에서 가장 핫한 햄버거 가게가 미스터햄이다. 미스터햄은 맛도 끝내주지만 아이돌 '벤'을 닮은 사장님도 인기가 많다.

"너 안 뽑은 사람 가도 돼?"

"당연하지."

“민우혁, 나는 너 뽑았다.”

민수가 큰 소리로 말했다. 그러자 우식이가 “나도, 나도!”라고 했다. 단우는 우혁이보다 민수와 우식이가 미웠다. 친구들에게 구박받을 때 같이 있어 줬는데 제대로 뒤통수를 맞았다.

단우는 구겨진 종이처럼 마음이 쭈글쭈글해졌다. 당연히 미스터햄에 가고 싶지 않았다.

아이들에게 둘러싸인 민우혁에게 반짝반짝 빛이 나는 것만 같았다. 여자 회장이 된 공미미도 애들에게 둘러싸여 있었다.

‘한 표가 뭐냐, 나도 인기가 많았으면.’

단우는 머리를 푹 숙이고 터벅터벅 걸었다. 학원에 가고 싶지 않았지만 발걸음은 습관처럼 학원 쪽을 향했다.

앞에서 왁자지껄 떠드는 소리가 들렸다. 하필 미스터햄은 영어 학원과 같은 건물 1층에 있고 그 앞을 지나야 학원으로 올라가는 엘리베이터가 나온다. 단우는 아이들과 마주치고 싶지 않아 돌아섰다. 그러고는 무작정 걸었다.

문득 고개를 들고 보니 엄마가 횡단보도에 서서 이쪽으로 건너려고 기다리고 있었다.

'엄마한테 학원 빠졌다고 혼나면 최악이야!'

단우는 잽싸게 아무 건물이나 골라서 안으로 들어갔다. 그러곤 망을 보면서 엄마가 지나가기를 기다렸다. 그런데 엄마가 단우 쪽으로 오는 것이 아닌가!

때마침 엘리베이터 문이 열렸다. 단우는 정신없이 뛰어들어 문을 닫았다. 손을 뻗어 가장 아래층인 것 같은 단추를 마구 눌렀다. 엘리베이터

는 끝없이 내려갔다.

텅 소리가 나고 문이 열렸다. 고개를 들어 보니 B37이라고 쓰여 있었다.

'지하 37층이라고? 그렇게 낮은 층이 있어?'

문이 열리고 밖으로 나가는 순간 단우는 '헉' 소리를 질렀다.

그곳은 놀이동산처럼 꾸며져 있는데 중앙 광장에는 커다란 분수가 있었다. 분수가 얼마나 큰지 물 나오는 부분을 빼고도 20층 높이 건물쯤 되는 것 같았다. 분수 아래쪽 물웅덩이에서 누군가 첨벙 튀어 올랐다. 밝은 빛에 물

살이 퍼지자 기다란 꼬리가 보였다.

"인어!"

단우는 잘못 본 게 아닌가 싶어 달려갔다.

잘못 본 게 아니었다. 실제로 인어였다. 인어 가족들이 모여 수영을 하고 있었다.

작은 아기 인어가 단우를 보더니 환하게 웃었다. 하지만 이내 물속으로 쏙 숨었다. 한참 기다려도 나오지 않자 단우는 주변을 돌아보았다. 꽃길 사이 외진 길가에 건물 한 채가 보였다. 벽이 반짝거리는 것이 보통 건물 같지 않았다. 단우는 자기도 모르게 그쪽으로 걸어갔다.

'귀신상점.'

그곳에 커다란 상점이 있었다. 상점 이름이 기묘했다. 게다가 벽 장식도 독특했다. 물고기 비늘 같은 타일이 빼곡했는데 방향에 따라 제각각 빛을 내며 반짝거렸다. 반짝거리는 비늘이 단우에게 들어오라고 손짓하는 것만 같았다. 단우는 뭔가에 이끌리기라도 한 듯 그곳으로 다가갔다.

상점은 동네 편의점보다 더 크고 물건들도 잘 정리되어 있었다. 그런데 자세히 살펴보니 물건들이 이상했다.

인싸 여우눈알안경, 춤추는 빨간양말, 인어눈물점 스티커, 용비늘 파우치필통, 추억포토카드, 기억쓱싹

귀신상점

지우개, 내맘대로연필, 지네독풀, 탄주어 어항, 금혈어 뼈목걸이, 부엉이 눈알사탕, 멍멍이코 스티커, 선녀 머리띠, 두꺼비 딱지, 구렁이껍질 인대, 쭉쭉이 가면, 오똑코팩, 빨간부채, 파란부채, 도깨비요술봉, 내맘대로변신마스크, 도깨비모자, 여우구슬, 이무기필통, 뱀잡는 거미줄, 비형랑 부적, 요술램프, 새빨간지네 비옷, 도깨비 캡슐, 미래를 보는 거울, 지옥 탐험 지도…….

이제껏 한 번도 들어 보지 못한 물건들이었다. 모두 신기해 다 갖고 싶었다. 기억쓱싹지우개도 갖고 싶고, 내맘대로연필도 갖고 싶었다. 물건이 너무 많으니까 한 가지를 고를 수가 없었다.

"손님, 찾는 물건이 있습니까?"

누군가 불쑥 얼굴을 내밀고 물었다. 마치 벽을 뚫고 나오

기라도 한 것 같았다. 흠칫 놀라 돌아보니 아이돌이나 탤런트처럼, 아니 여신처럼 아름다운 여인이 서 있었다. 누나 또래 같기도 하고 훨씬 나이가 많아 보이기도 했다. 검푸른 눈동자가 상대를 꿰뚫어 보듯 날카로워 보였다. 마주치기만 해도 주눅이 들 것 같았다. 긴 머리는 반으로 묶고 옷은 천상의 천으로 만든 것처럼 하늘거리고 가벼워 보였다. 옷을 장식한 무늬는 은색 가위와 삼색 실, 꽃씨와 은 씨가 그려져 있었다. 그런데 무늬들이 반짝반짝 빛을 냈다. 옷감이 무늬를 만든 것이 아니라 무늬가 옷에 붙어 있는 것 같았다.

단우는 깜짝 놀라 말을 더듬었다.

"누, 누구세요?"

"이 상점의 주인, 명진입니다. 찾는 물건이 있습니까?"

푸르게 도드라진 여인의 눈동자에 살포시 웃음이 어렸다. 한없이 자애롭고 따사로운 웃음이었다. 쪼그라진 단우 마음이 단박에 확 풀렸다.

“잘 모르겠어요. 갖고 싶은 것이 너무 많아요. 저한테 맞는 물건 좀 골라 주세요.”

여인이 가만히 단우를 바라보았다. 그러더니 입고 있던 옷의 무늬에서 삼색 실을 줄줄 잡아당겼다. 하지만 올은 하나도 풀리지 않았다. 마치 삼색 실이 살아 움직이기라도 하는 것 같았다. 주머니에서 나왔나 싶어 쳐다보니 분명 옷감의 무늬였다.

‘헐, 마법의 옷감인가?’

단우가 얼이 빠져 쳐다보니 여인이 미소를 지었다.

"손 좀 내밀어 보세요."

여인이 단우 손바닥에 삼색 실을 댔다. 순간 손바닥이 화끈거렸다. 얼마간 시간이 흐르자 여인이 줄을 되감았다. 실은 다시 무늬 속으로 쏙 스며들었다.

순간 진열대 한쪽 벽면에 조명이 들어온 것처럼 환하게 불이 밝혀졌다. 단우는 무언가에 홀린 듯 불 켜진 곳으로 다가갔다.

물건은 빨간색 종이 포장지에 싸여 있는데 가운데 비닐 부분은

속이 보였다. 동그란 안경인데 유리로 된 안경알에서는 영롱한 빛이 나는 것 같았다. 물건을 보는 순간 단우는 그 물건에 흠뻑 빠져 꼭 갖고 싶다는 생각이 들었다.

"제가 갖고 싶던 물건이에요."

단우가 물건을 꽉 움켜쥐었다.

"얼마예요?"

단우는 지갑 속의 돈을 생각하며 물었다.

"이 물건은 돈으로 살 수 있는 게 아닙니다. 때가 되면 직원이 받으러 갈 겁니다."

여인이 알쏭달쏭하게 말했다.

단우는 주인이 물건을 돌려달라고 할까 봐 재빨리 인싸여우눈알안경을 썼다.

안경을 썼을 뿐인데 눈앞이 환해지고 알 수 없는 빛들이 반짝거렸다. 그리고 자신감이 뿜뿜 솟아났다.

"뭐지, 이 느낌은!"

회색빛 같던 단우 마음이 무지개를 드리운 듯 환해졌다.

"안경, 완전 마음에 들어요."

"마음에 든다니 고맙네요. 물건을 소중히 다루고 안경의 경고를 무시하지 말아 주세요."

"안경이 경고한다고요? 킥킥킥, 그런 게 어디 있어요?"

단우는 들뜬 마음에 인사도 하지 않고 달려 나갔다.

마침 엘리베이터가 도착했다. 단우는 재빨리 엘리베이터를 타고 지상으로 올라갔다. 그러곤 우쭐한 마음에 어깨를 활짝 펴고 팔자로 휘적휘적 걸었다.

그렇게 걷다 보니 미스터햄 앞이었다. 창밖을 바라보며 누군가 손짓을 했다. 민우혁이었다.

“구단우, 왜 이제 와? 기다렸잖아.”

“어쩐지 허전하더라.”

아이들이 덩달아 한마디씩 했다. 단우는 얼떨떨했다.

“우리 햄버거 먹고 코노에 가기로 했는데 너도 갈 거지?”

민수가 어깨에 손을 올리며 말했다.

‘칫, 아까는 빵 표 어쩌고 하더니!’

단우는 민수 팔을 홱 뿌리쳤다. 민수가 무안한 듯 머리를 긁적였다. 박치에다 음치인 단우는 코인노래방에서 박자와 음정 모두 엉망진창인 채 노래를 불렀다. 그런데도 아이들 모두 일어나서 춤을 추고 손뼉도 요란하게 쳐 주었다.

다음 날부터 교실에 들어서기만 하면 아이들이 먼저 “단우야, 안녕!” 하고 인사를 했다. 심지어 체육 시간에도 평소에는 “넌 피구 못하니까 빠져!” 하던 아이들도 서로 단우를 자기 편에 데려가려고 난리였다.

아이들이 자기 편 응원을 하느라 소리를 질렀다. 특히 상대편 민수 목소리가 도드라지게 크게 들렸다.

"천민수, 네 목소리는 멍멍이 같으니까 입 좀 다물어!"

이렇게 말하자마자 단우가 외마디 비명을 질렀다.

"앗!"

안경에서 뾰족한 침이라도 나온 것처럼 콕 찔린 것이다. 이상한 생각에 안경을 벗어 봤지만 아무것도 없었다. 괜히

짜증이 났다.

그때 민우혁이 던진 공을 상대편이 잡았다. 아웃이다. 다 이긴 판에 우혁이 때문에 지게 되자 단우가 소리를 질렀다.

"민우혁, 너는 회장이면서 그것밖에 못하냐?"

또다시 뭔가에 찔린 것처럼 얼굴이 따끔했다.

"아악!"

단우는 참을 수 없이 더 화가 났다.

"고혜나, 앵무새 같은 머리 좀 치워. 공이 안 보이잖아."

단우는 마음에 들지 않을 때는 참지 않았다.

"구단우, 말이 너무 심한 거 아냐?"

보다 못한 공미미가 한마디 했다.

"회장이라고 나대지 마."

좋아하는 미미에게도 마구 쏘아붙였다.

그날 이후에도 단우의 막말은 끝이 없었다.

어느 날, 아침에 일어나니 코가 간질간질했다. 뾰루지가 생겼나 싶어 만져 보니 뭔가 까끌까끌했다.

"앗, 이게 뭐야?"

거울을 보니 간지러운 부분에 털이 숭숭 올라오고 있었다. 게다가 콧잔등이 까맣게 변하더니 뾰족하게 솟아나는 것 같았다.

단우는 어쩔 줄 몰라 일회용 반창고를 붙였다. 학교에 갔는데도 계속 간지러웠다. 할 수 없이 보건실에 갔다.

"신종 알레르기인가? 큰 병원에 가 봐야 될 것 같은데?"

보건실에서도 이렇다 할 치료를 받지 못하자 담임 선생님이 조퇴를 시켜 주었다.

집에 가서도 얼굴이 너무 간지러워 세수를 했다. 급한 마음에 안경 벗는 것도 잊어버렸다. 그러다가 무심히 거울을 본 단우는 소스라치게 놀랐다. 안경이 얼굴 속으로 스며든 것이었다. 눈이 여우처럼 올라가고 입도 옆으로 쭉 벌어지고 뾰족한 어금니가 솟아나려고 했다.

"으악, 이게 뭐야!"

그 순간 단우는 지하 37층 상점에 간 일이 떠올랐다. 그곳에 가면 제대로 되돌릴 방법이 있을까? 어디였지? 무작정 걷다 아무 건물에나 들어간 것까지는 알겠는데 어디였는지 도무지 생각이 나지 않았다. 그러다 문득 상점 주인이 한 말이 떠올랐다.

"안경의 경고를 무시하지 말아 주세요!"

'나 벌받는 거야? 어떡해!'

단우는 덜컥 겁이 났다. 그러면서도 화가 났다.

'경고를 하려면 말로 하든가!'

아무리 생각해 봐도 경고를 어떻게 했는지 알 수 없었다. 단우는 샤프로 공책을 콕콕 찌르며 생각해 내려고 했다. 하지만 떠오르지 않았다. 조급한 마음에 더 세게 샤프를 눌렀다. 그러다 샤프가 미끄러져 손가락을 찔리고 말았다.

"앗!"

단우가 손가락을 움켜쥐고 소리 질렀다.

'그때부터야!'

단우는 그제야 안경이 이상해진 때를 기억해 냈다.

맨 처음은 체육 시간, 민수에게 나쁜 말을 한 때다. 그때 안경에 침이라도 달린 것처럼 아팠다. 두 번째는 민우혁에게 막말할 때, 그러고 보니 친구들에게 함부로 말할 때마다 어쩐지 따끔따끔 안경이 찌르는 것 같기도 했다.

'안경이 경고한 거야!'

단우는 그제야 후회했다.

엄마랑 병원에 갔지만 별 방법이 없다고 했다. 며칠 동안 단우는 학교에도 가지 않고 거울만 들여다보았다.

'나 이제 여우한테 먹히는 거야?'

눈물밖에 나지 않았다. 눈물이 숭숭 자란 털 위를 적시며 바닥으로 떨어졌다. 인기에 취해 친구들한테 막말한 것이 후회되었다. 이제껏 했던 말들을 모두 주워 담을 수 있다면 주워 담고 싶었다.

'당장 친구들에게 사과할 거야. 그런데 이 꼴로 어떻게 친구를 만나!'

단우는 눈물을 뚝뚝 흘렸다. 동글동글 흘러내린 눈물이 바닥에 떨어지자 방울방울 뭉쳐 푸른 구슬로 변했다.

그때, 누군가 단우 발밑을 빠르게 지나갔다.

목요였다. 눈이 하나인데 말과 고양이를 합쳐 놓은 듯한 몸에 털이 없어 매끈했다. 목요는 푸른 구슬을 하나 물더니

단우를 물끄러미 바라보았다.

철퍼덕 주저앉아 울고 있는 단우를 보니 목요는 그 아이가 가여웠다.

'인기를 누려 본 적이 없으니 감당하기도 힘들 만하지.'

목요는 주머니에서 꺼낸 사탕 하나를 슬쩍 단우 손바닥에 놓았다. 단우가 기척을 느끼고 주변을 둘러봤지만 목요는 이미 사라진 뒤였다.

단우는 손바닥에 놓인 사탕 껍질을 까서 입속에 넣었다.

가게로 돌아온 목요는 아씨에게 푸른 구슬을 건넸다.

"아주 여우가 다 됐더라고요."

목요가 명진 아씨의 눈길을 피하며 혀를 쯧쯧 찼다.

"목요!"

명진 아씨가 나지막하게 목요를 불렀다. 목요가 못된 짓을 했거나 금지된 행동을 할 때 명진 아씨 목소리는 잘 벼려진 칼처럼 날카롭다.

"그래요. 줬어요. 혼살이 사탕. 제가 인기가 없어 봐서 그 애 마음을 알 것 같다니까요. 인어 아가씨한테 고백했다가 차였을 때 얼마나 속상했는지 아세요? 인기 없는 제가 그 아이 마음을 몰라주면 누가 알아줘요?"

명진 아씨는 그제야 부드럽게 표정을 풀며 말했다.

"네가 어때서? 인어 아가씨가 보는 눈이 없는 거지."

"흐히히, 그런 말 마세요. 인어 아가씨 들으면 서운해요."

목요가 머리를 긁적이며 웃었다.

"차이고도 편들고 싶어? 혼살이 사탕을 함부로 주면 안 된다고 몇 번을 말해. 인싸 여우눈알안경은 시간이 되면 저절로 사라질 텐데."

“여우 꼴로 우는 걸 보니 마음이 안 좋더라고요. 이제 그 아이는 어떻게 될까요? 여우 가면은 벗겨지겠지만 발가락 끝에는 여우 털이 남겠지요.”

“그 아이도 발가락을 보면서 알겠지. 값을 치렀으니.”

명진 아씨는 가게 뒷문으로 나가 드넓은 꽃밭으로 갔다. 그러곤 목요가 가져온 푸른 구슬을 축 늘어진 꽃에 거름으로 주고 정성스럽게 꾹꾹 눌렀다.

축 늘어져 있던 푸른색 꽃이 다시 싱싱하게 자란다.

춤추는 빨간양말

할아버지 칠순 잔치를 기념해서 오랜만에 친척들이 동찬이 집에 다 모였다.

"고동찬, 할아버지 칠순인데 축하 댄스 없냐?"

친척 몇 분이 동찬이에게 물었다. 다른 날 같으면 그 말을 하기 전에 벌써 일어서서 춤을 추었을 것이다. 동찬이는 춤추는 게 좋았다. 음악에 맞춰 스텝을 밟고 웨이브를 타면 그렇게 신이 날 수가 없었다. 춤출 때만큼은 영어 단어 시험 50점 맞은 것도, 단위가 백억이 넘어가면 헷갈리는 수

학 문제도 다 잊을 수 있었다. 게다가 사람들이 대단하다고 추켜세워 주고 즐거워하는 모습을 보는 것도 좋았다.

특히 할아버지는 동찬이 춤을 좋아했다. 어릴 때부터 동찬이가 춤을 추면 핸드폰으로 사진을 찍어 친구들에게 자랑할 정도였다.

"그래. 오랜만에 이 할아비도 우리 손자 춤 좀 볼까?"

할아버지도 기대하는 눈빛을 보냈다.

하지만 동찬이 몸은 얼음이 된 듯 움직일 줄 몰랐다. 마음 같아서는 할아버지 앞에서 신나게 춤을 추고 싶었지만 그날 이후로 춤이 딱 끊겨 버렸다. 아무리 신나는 음악을 들어도 몸이 뻣뻣하게 굳어 버리고 흥이 나지 않았다.

"준비를 못 했어요."

시선이 한꺼번에 쏠리자 동찬이는 당황스러웠다.

"준비할 거 뭐 있어. 우리 손자 실력 어디 가겠어? 우리 집안 최고의 춤꾼인데."

"그래. 그만 빼고 한번 보여 줘 봐. 이 삼촌이 용돈 두둑하게 줄 테니까. 자 박수!"

삼촌의 말에 친척들이 손뼉을 치며 "보여줘!"라고 외쳤다.

"준비 안 했다고요!"

동찬이는 와락 소리를 지르고 방으로 들어가 버렸다.

"너 왜 그래? 벌써 사춘기야?"

엄마가 뒤따라 들어와 야단부터 치셨다.

"준비 못 했다고 했잖아요."

"준비할 게 뭐 있어. 음악이야 인터넷에 들어가서 다운로드하면 되고. 늘 네가 추던 거 있잖아. 새삼 준비는 무슨!"

"지금은 춤출 기분 아니라고요."

"그냥 나와서 한 번 추고 들어가. 다른 날도 아니고 할아버지 칠순이잖아."

"몇 번을 말해요? 지금은 춤출 기분 아니라고 했잖아요!"

동찬이는 더 이상 집에 있을 수 없어 밖으로 달려 나갔다. 엄마가 뒤쫓아 오다가 더 이상 쫓아오지 않았다.

할아버지 칠순 잔치를 망쳐 버린 것 같았다.

'할아버지, 죄송해요.'

뒤늦게 미안한 생각이 들었지만 그렇다고 다시 집으로 들어가 춤을 추고 싶지는 않았다. 아니 춤을 출 수가 없었다.

'왜 이렇게 됐을까?'

동찬이는 4학년 회장 선거 때까지 춤을 잘 추었다. 민우혁과 한 표 차이로 아쉽게 떨어질 만큼 인기도 많았다.

아이들은 동찬이 춤을 좋아했다. 쉬는 시간에 동찬이가 음악을 틀고 춤을 추면 뒤에서 따라 할 정도였다.

"아이돌보다 네가 더 잘 추는 것 같아."

공미미도 그렇게 말했다. 그렇지 않아도 춤을 추는 것이 좋은데 공미미까지 그렇게 말해 주니 더 신이 났다.

심지어 4학년 장기 자랑 대회 때 반 대표로 동찬이가 뽑혔다. 동찬이는 춤에 자신 있었기에 당연히 하겠다고 했다. 그래서 평소보다 더 열심히 춤 연습을 했다.

그런데 반 아이들이 한창 빠져 있는 SNS(에스엔에스: 소셜 네트워크를 형성하여 다른 사람들과 교류하도록 하는 서비스)에 익명으로 영상이 하나 올라와 있었다. 얼굴이 가려진 채 춤추는 아이

영상이었다. 얼굴이 가려졌지만 동찬이는 단박에 자신이라는 것을 알아보았다. 춤추는 영상을 처음 보는 것은 아니었다. 할아버지가 찍어 주기도 하고 가족들이 찍어 단톡방에 올리기도 해 동찬이는 자신의 춤을 보는 게 익숙했다.

'역시 고동찬이라니까!'

가슴을 쿨렁이며 웨이브를 타고 펄쩍 뛰며 스텝을 밟는 것이 자기가 봐도 대단한 솜씨 같았다. 영상 조회수도 1,000회나 되고 댓글도 많았다.

동찬이는 기대하며 댓글 창을 열었다.

ㄴ 뱃살 장난 아님.

ㄴ 난 뱃살밖에 안 보임.

ㄴ 합성 아님? 춤추는 사람은 다 날씬한데.

ㄴ 저 몸으로 춤이라니!

ㄴ 안 본 눈 삽니다.

ㄴ 뱃살 출렁출렁.

'헉!'

동찬이는 너무 놀라 입을 틀어막았다.

이제껏 뱃살이 문제가 되지는 않았다. 한 번도 신경 써 본 적 없고 동찬이는 자신의 몸이 싫지 않았다.

그런데 거울 속에서 본 자신의 몸은 예전과 달랐다. 바지 고무줄 사이로 삐죽 튀어나온 뱃살, 손으로 움켜쥐면 한 덩어리가 되는 살!

동찬이는 처음으로 그 살들이 창피했다.

다음 날부터 동찬이는 박스 티셔츠로 뱃살을 가리고 바지도 헐렁하게 입었다.

"넌 핏을 살리는 게 더 날씬해 보여."

엄마가 몸에 잘 맞는 셔츠를 입으라고 했지만 동찬이는 한 치수 큰 티셔츠를 입었다.

"나 오늘부터 다이어트할 거야."

동찬이는 저녁도 굶었다.

"어릴 때 많이 먹어야 키가 크지."

"많이 먹으면 뱃살 나온단 말이야."

"네 뱃살이 얼마나 사랑스러운데. 할아버지도 네가 뱃살을 흔들며 춤을 추면 얼마나 귀엽다고 하셨는데?"

순간 동찬이는 울음이 터지려고 했다. 세상 사람들과 가족들이 알고 있는 비밀을 혼자만 모른 것만 같았다.

급식 시간에도 밥을 조금만 먹었다.

"고동찬, 밥도 조금만 먹더니. 배 안 고파?"

동찬이 베프 민준이가 초콜릿과 젤리를 주었다. 동찬이가 춤 다음으로 좋아하는 것이 초콜릿과 젤리였지만 고개를 저었다.

"나, 살 뺄 거야."

"안 빼도 돼."

"너도 그 동영상 봤어? 얼굴 가리고 춤추던……."

"봤지. 너잖아."

"왜 나한테 말 안 했어?"

"그야……."

민준이는 아무 말도 못 했다. 동찬이는 민준이도 미웠다. 세상 사람들이 자기만 빼고 뒤에서 쑥닥거리는 것 같았다. 짜증 나고 화가 났다. 재미있는 일이 하나도 없었다.

춤추는 것과 먹는 것을 빼니 동찬이에게 남는 게 없었다.

동찬이는 집에서 나와 무작정 걸었다. 밥을 먹지 않았더니 머리도 어지러운 것 같았다.

지나가는 길에 편의점이 있어 동찬이는 그곳에 들어갔다. 손에 잡히는 대로 음료수도 사고 소시지도 사고 초콜릿도 사고 젤리와 콜라도 샀다. 하지만 먹으려는 순간 댓글이 떠올랐다.

ㄴ 저 몸으로 춤이라니!

ㄴ 안 본 눈 삽니다.

그 생각을 하자 입맛이 싹 달아났다.

그렇게 동찬이는 한참을 걸었다.

그러다 이상한 기운에 고개를 돌렸다. 낯선 동물이 동찬이를 쳐다보는 것 같았다. 외눈박이인데 고양이와 말을 뒤섞어 놓은 이상한 동물이었다. 털이 없어 몸이 반질반질한데 투명 구슬 같은 큰 눈이 푸르게 빛났다.

외눈인데도 전혀 무섭거나 이상하지 않았다.

'헛것이 보이나?'

동찬이는 눈을 감고 다시 떴다. 여전히 그 동물이 보였다. 그 동물이 동찬이가 들고 있는 것을 보면서 혀를 날름거리며 입맛을 다셨다.

"먹고 싶어?"

동찬이가 손에 든 것을 내밀며 물었다.

동물은 이가 드러날 정도로 환하게 웃더니 격하게 고개를 끄덕였다.

"먹어."

동찬이가 건네자 그 동물이 쓰윽 가져가더니 눈 깜짝할 사이에 먹어 치웠다. 그러더니 '끄윽' 트림을 했다.

그 모습을 보니 동찬이는 기분이 조금 나아졌다. 그 동물도 겸연쩍은지 히죽 웃었다. 그러더니 어디론가 급하게 걸어갔다.

동찬이는 두 발로 걸어가는 그 동물이 신기하기도 하고 딱히 할 일도 없어 무작정 따라갔다. 하지만 그 동물은 동찬이가 따라오는 걸 알아채곤 다다닥 뛰었다. 동찬이도 다

다닥 뛰었다. 그러자 그 동물이 더 빨리 달렸다. 둘은 추격전을 벌이며 한참을 달렸다.

마침내 어떤 건물에 도착하자 그 동물이 재빨리 그 안으로 들어가더니 엘리베이터를 탔다. 동찬이가 따라서 타려고 할 때 엘리베이터 문이 닫혔다.

다급한 나머지 동찬이는 닫힌 문밖에서 엘리베이터 버튼을 여러 번 눌렀다. 마침내 다음 엘리베이터가 도착했고 이윽고 문이 열렸다. 동찬이는 그 동물이 몇 층으로 갔는지 알 수 없어 잠시 망설였다. 그런데 놀랍게도 엘리베이터가 혼자 움직이더니 끝없이 밑으로 내려가기 시작했다.

한참을 내려가더니 마침내 문이

열렸다.

‘어, 지하 37층?’

동찬이는 엘리베이터 화면의 숫자를 확인하고 고개를 갸웃거렸다.

어리둥절하며 고개를 갸웃거리는데 누군가 불쑥 동찬이 앞을 막았다.

“여기까지 따라오면 어떡해? 얼른 가. 아씨한테 들키기 전에.”

좀 전에 만난 외눈박이 동물이었다. 동찬이는 반가운 마음이 들었다.

“너, 사람 말도 할 줄 알아? 근데, 여기 어디야?”

“여긴 아무나 오는 데가 아니라고.”

그제야 동찬이는 주위를 둘러보았다.

20층 건물의 높이쯤 되는 분수대에서 물이 뿜어 나오고 주변에는 갖가지 꽃들이 장식되어 있었다.

빨간 꽃, 노란 꽃, 초록 꽃, 무지개 빛깔의 꽃……. 갖가지 꽃들이 향기를 내뿜었다. 게다가 멀리 푸른색 비늘 같은 것이 번쩍거리고 있었다.

"우아, 지하에 이런 데가 있다니!"

"내 말 안 들려? 돌아가라고. 명진 아씨한테 들키기 전에."

외눈박이 동물이 동찬이를 밀어냈다. 하지만 신기한 곳에 발을 내디딘 동찬이는 돌아가고 싶지 않았다.

"방해 안 할 테니까 살짝 들여보내 줘. 내가 먹을 것도 줬잖아."

동찬이가 말하자 그 동물이 곤란한 듯 말했다.

"괜히 먹었어."

그때였다.

"목요야, 장사 준비 안 하고 뭐 하니?"

부드러운 바람 같은 목소리였다.

“빨리 숨어. 다시 경고하는데 내가 너한테 뭐 얻어먹었다고 말하면 절대 안 돼.”

목요 입 주변에 초콜릿 가루가 묻어 있고, 콜라 자국도 남아 있었다.

“그러면 너 입 좀…….”

“조용히 해. 그렇게 크게 말하면 어떡해?”

목요는 안절부절못했다.

“목요, 여기서 뭐 해? 아, 손님이 계셨군요.”

멀리 떨어져 있던 여인이 소리도 없이 다가왔다. 한눈에 알아볼 만큼 아름다운 여인이었다. 선명하고 또렷한 눈동자와 서늘한 눈빛은 다른 사람을 압도했

다. 긴 머리를 반으로 묶었고 옷은 천상의 천으로 만든 것처럼 하늘거리고 가벼웠다. 옷을 장식한 은색 가위와 삼색 실, 꽃씨와 은 씨 무늬는 금방이라도 천을 뚫고 나올 것처럼 선명하고 살아 움직이는 것 같았다. 옷감보다 무늬가 도드라진 게 독특했다.

"오라, 우리 목요가 데려온 손님이군요."

"아, 아니라고요. 얘가 쫓아왔다고요."

목요가 손을 내저었다.

"어서 가. 빨리 가라고!"

목요가 동찬이 등을 밀었다.

"빈손으로 손님을 쫓으면 예의가 아니지. 벌써 값을 치른 모양인데."

여인이 목요의 입을 가리켰다. 그제야 목요가 허둥지둥 입을 닦았다.

"우리 직원의 무례를 용서해 주시지요."

여인이 옷자락을 가볍게 쥐더니 성큼성큼 걸어갔다. 여인의 옷자락이 동찬이 몸에 살짝 닿았다. 무늬에 있던 삼색 실 올이 동찬이 손바닥을 살짝 건드리는 것을 동찬이는 알아차리지도 못했다.

동찬이가 도착한 곳에 '귀신상점'이라는 간판이 걸려 있었다.

'귀, 귀신상점?'

동찬이는 기묘한 간판 이름에 오싹하기도 했지만 푸르스름한 빛을 받아 반짝이는 모습에 호기심이 생겼다.

상점에 들어간 순간 동찬의 입이 쩍 벌어졌다. 상점 안 물건들은 어디에서도 본 적이 없는 것들이었다.

춤추는 빨간양말, 인어눈물점 스티커, 용비늘 파우치 필통, 추억포토카드, 기억쓱싹지우개, 내맘대로연필, 지네독풀, 탄주어 어항, 금혈어 뼈목걸이, 부엉이 눈알사탕, 멍멍이코 스티커, 선녀 머리띠, 두꺼비 딱지, 구렁이껍질 인대, 쭉쭉이 가면, 오똑코팩, 빨간부채, 파란부채, 도깨비요술봉, 내맘대로변신마스

크, 도깨비모자, 여우구슬, 이무기필통, 뱀잡는 거미줄, 비형랑 부적, 요술램프, 새빨간지네 비옷, 도깨비 캡슐, 미래를 보는 거울, 지옥 탐험 지도…….

'지옥 탐험 지도.'

동찬이는 지옥이 어떤 곳인지 탐험하고 싶기도 하고, 이무기 필통이 궁금하기도 했다. 이무기 필통 뚜껑을 열 때마다 이무기가 혀를 날름거리면 재미있을 것 같다는 생각에 웃음이 났다.

여러 물건을 둘러보던 중 동찬이 눈길을 한 번에 사로잡는 것이 있었다. 동찬이는 그 물건 앞에서 걸음을 딱 멈추었다.

'춤추는 빨간양말.'

그 양말을 보는 순간 동찬이는 눈을 떼지 못했다. '춤'이라는 글자를 보는 순간 가슴속이 아리고 따끔따끔했다.

"마음에 드는 물건을 발견하신 모양입니다."

"양말 얼마예요?"

손이 저절로 움직였다.

"값은 지불되었습니다."

여인이 목요를 가리켰다.

"난 먹기 싫었다고요. 그냥 주는데 어떻게 해요? 주는 걸 사양하는 것도 예의가 아니라고 아씨가 늘 말씀하셨잖아요."

목요가 두 손을 휘휘 내저으며 펄쩍 뛰었다.

"잘했습니다."

"진짜라고요. 제가 먹는 걸 밝히는 것도 아니고, 아

니 밝히기는 하지만 그렇다고 아무거나 덥석덥석 먹는 건 아니라고요. 저도 입맛이 까다롭다고요. 아시면서."

목요가 변명을 쏟아 냈다. 하지만 여인은 목요의 말에 더 이상 귀를 기울이지 않고 동찬이를 보며 말했다.

"양말값은 우리 직원이 먹은 간식값이니 편하게 사용하십시오."

여인이 동찬이를 보면서 환하게 웃었다. 웃을 때 여인의 모습은 자애롭고 한없이 다정해 보였다. 동찬이는 마치 할아버지를 보는 것 같았다.

"그럼 재미있는 시간을 보내십시오."

그 말을 한 여인이 등을 돌리려다가 멈칫했다. 그러곤 뒤돌아보며 목요에게 한마디 던졌다.

"목요, 이따 손님이 가시면 나 좀 보자."

여인은 그 말만 하고 안으로 들어가 버렸다.

"넌 왜 날 따라와서 힘들게 하는 거야? 우리 아씨 화나면 얼마나 오래가는데. 너 때문에 나만 혼나게 생겼잖아. 어휴!”

목요가 투덜거렸다.

“미안해. 내가 어떻게 하면 되는데?”

동찬이는 목요의 마음을 풀어 주고 싶었다.

“몰라. 네가 우리 아씨 화 좀 풀어 주든가?”

동찬이는 손에 든 양말을 내려다보았다.

동찬이는 양말을 보자 춤추고 싶다는 생각과 춤추기 싫다는 생각이 동시에 들었다. 그리고 SNS에서 본 댓글들도

떠올랐다. 그 댓글의 내용들이 떠오르자 동찬이 마음에 일렁이던 춤추고 싶다는 생각이 연기처럼 사라졌다.

'이제 춤 따위 안 출 거야! 남의 웃음거리는 되고 싶지 않아!'

동찬이는 양말을 아무렇게나 구겨서 주머니에 넣고 가게에서 나왔다. 동찬이 뒤를 목요가 따라왔다. 둘은 고개를 축 늘어뜨리고 걸었다.

"이럴 때 인어 아가씨라도 옆에 있었으면……."

목요가 한숨을 푹 내쉬었다.

"아까 그분이 그렇게 무서워?"

"네가 화난 모습을 안 봐서 그렇지. 완전 무서워. 삼두구미가 허락도 안 받고 이곳에 무단으로 들어왔을 때 어땠는지 알아? 저 분수대도 날아갈 뻔했다니까."

목요는 생각만으로도 끔찍한지 20층 건물만큼 높다란 분수대를 힐끗 바라보며 몸을 움츠렸다.

"나 여기서 쫓겨나면 어디서 살지? 다시 지상으로 올라가면 외눈박이라고 놀림이나 받고 쫓겨 다닐 텐데. 넌 왜 하필 그때 나타나서 나한테 맛있는 간식을 주는 거야? 내가 먹는 것 앞에서 눈에 뵈는 게 없는 줄 뻔히 알면서."

"미안해. 하지만 나는 네가 먹는 걸 그렇게 좋아하는지 몰랐지."

"미안하다는 말 좀 하지 마. 문제 해결에 아무 도움 안 되잖아. 안되면 네 필살기라도 보여 주든가."

"필살기? 내 필살기는 춤추는 건데."

"그거라도 보여 주든가."

"난 더 이상 춤을 출 수가 없어. 다른 건 안 될까? 휴지를 줍거나, 청소한다든가."

"여기 청소는 아무나 하는 줄 알아? 몰라 몰라. 다 틀어졌어."

목요는 금방이라도 울음을 터뜨릴 태세였다.

동찬이는 괜히 쫓아와서 목요를 힘들게 했다고 생각하니 미안했다. 요즘은 미안한 일만 생기는 것 같다.

'난 왜 이럴까?'

동찬이는 울고 싶었다.

그때였다. 목요가 벌떡 일어서더니 동찬이 손을 잡았다.

"이제 와서 어쩔 거야? 난 먹었고, 넌 여기 따라왔는데. 쫓아내라면 쫓아내라지."

목요의 커다란 눈이 새파랗게 빛났다.

그 눈빛을 보니 동찬이는 묘하게 용기가 생겼다.

동찬이는 이상한 상점에서 산 '춤추는 빨간양말' 포장지를 뜯었다. 양말은 새빨갛고 부들부들했다. 동찬이는 신고 있던 양말을 벗고 춤추는 빨간양말을 신었다. 그런데 이상한 일이 일어났다. 양말을 신는 순간 갑자기 다리가 흔들흔들 어깨가 들썩들썩 온몸이 저절로 움직였다. 동찬이는 몸의 움직임에 자신을 맡기고 신나게 춤을 추었다. 춤을 추다

보니 배짱도 두둑해지고 자신감도 솟구쳤다.

'내 뱃살이 어때서? 이제껏 춤만 잘 췄다고. 악성 댓글 다 꺼져!'

동찬이는 SNS에서 본 악성 댓글을 수박씨 뱉어 내듯 훅 뱉어 버렸다.

가슴속에서 악성 댓글 하나가 빠져나가는 것 같았다. 동찬이는 연달아 훅훅 뱉어 냈다. 악성 댓글들이 하나하나 빠져나가는 동안 리듬이 부드러워지고 동작들은 더 섬세해졌

다. 마치 춤 속으로 빠져드는 것만 같았다.

넋을 놓고 춤을 구경하던 목요가 갑자기 벌떡 일어서더니 동찬이를 따라 춤추기 시작했다. 팔다리가 엇박자가 되고 몸이 뻣뻣했지만 목요는 실룩실룩 마구 흔들었다.

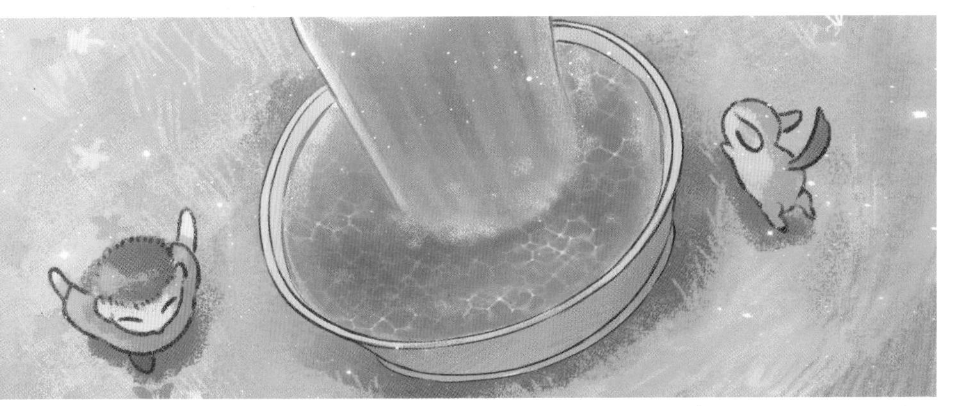

둘은 분수대와 꽃밭 사이를 나비처럼 춤을 추고 돌아다녔다. 동찬이의 일그러진 얼굴은 어느새 활짝 피어 환하게 웃고 있었다.

춤을 추다 더워진 동찬이는 춤추는 빨간양말을 벗어 버렸다. 하지만 동찬이는 춤을 멈추지 않고 밤늦게까지 췄다. 며칠간 못 춘 춤을 보충이라도 하는 듯했다.

"더 이상 못 해!"

동찬이의 춤은 목요가 기진맥진해 멈출 때까지 계속되었다.

동찬이가 돌아가자 목요가 잔뜩 졸아 명진 아씨에게 갔다.

"아씨, 다시는 아무거나 안 받아먹을게요. 춤추는 빨간양말값은 제가 열심히 일해서 갚을게요."

"아니다. 값은 벌써 받았다."

여인은 노란 구슬 다섯 개를 들고 있었다.

"그 아이가 춤을 출 때 반짝반짝 빛나더구나. 그 아이는 늘 춤을 추고 싶어 했는데 마음의 벽이 막고 있었어. 목요 네가 마음의 벽을 무너뜨려 주었어."

혼날 거라고 그저 졸아 있던 목요는 무슨 말인지 알아들을 수 없었다. 하지만 명진 아씨가 환하게 웃자 그제야 그 뜻을 알아채고 으스댔다.

“그쵸? 제가 다 큰 그림을 그린 거라고요. 저라고 아무거나 덥석덥석 먹는 건 아니라니까요. 저도 먹기 싫은데 억지로 먹었더니 아직도 배가 부르다니까요.”

목요가 헤헤헤 웃으며 배를 만졌다.

“그러면 이 만두 못 먹겠구나.”

“아, 아니 말이 그렇다고요!”

명진 아씨가 연기가 모락모락 나는 웃음꽃으로 만든 왕만두를 목요에게 주었다.

"오늘은 큰일을 했으니 특별 선물이다!"

"우아, 내가 제일 좋아하는 웃음꽃 왕만두다!"

목요는 순식간에 만두를 입에 넣고 오물오물 씹었다.

명진 아씨는 노란 구슬을 비밀 꽃밭으로 가지고 가서 축 늘어진 꽃에게 거름을 주고 축복의 가루를 뿌려 주었다. 꽃은 싱그럽게 몸을 흔들며 환하고 붉은 꽃봉오리를 펼쳤다.

용비늘 파우치필통

피오는 꿈이 없다. 하고 싶은 것도 없고 되고 싶은 것도 없다. 공부 안 하고 공책에 낙서나 하며 지렁이 젤리를 먹으면서 뒹굴뒹굴하고 노는 것이 꿈이라면 꿈이다.

그런데 수업 시간에 선생님께서 꿈을 물었다. 갑자기 받은 질문이라 피오는 대답할 준비를 못 했다. 그때 뒤에서 민수가 등을 콕콕 찌르더니 조그맣게 말했다.

“네 꿈은 돈 많은 백수잖아.”

피오는 민수랑 장난치면서 놀 때 그런 말을 한 적 있었다. 그래서 피오는 선생님께 아무 생각 없이 똑같이 대답했다. 아이들이 와르르 웃음을 터뜨렸다.

"강피오, 좀 더 의미 있는 꿈을 갖는 것은 어떨까?"

선생님도 웃으면서 말했다.

수업이 끝나자마자 피오는 민수에게 따졌다.

"그렇게 말하면 어떡해? 나만 창피당했잖아."

"앵무새처럼 따라 할 때는 언제고. 꿀 먹은 벙어리 구해줬더니!"

민수는 되레 큰소리쳤다.

"뭐라고?"

피오는 벌떡 일어섰다. 그 바람에 책상 위에 있던 필통이 툭 떨어졌다. 그런데 하필 앞자리에 앉은 아이가 의자를 끌면서 필통이 깔려 버렸다. 피오는 화가 난 마음에 그 필통을 조심성 없이 잡아당겼다.

찌익 소리가 나더니 천으로 만든 필통이 찢어지고 말

았다.

“야!”

피오는 소리를 빽 질렀다. 느닷없는 소리에 의자 주인공이 돌아보았다. 그 아이는 4학년 3반 까칠 대마왕 오승아

였다.

“왜 부르고 난리야?”

“너 때문에 이거 찢어졌잖아.”

“뭐래?”

“네가 의자 끌어가니까 같이 딸려 갔다고. 물어내!”

피오는 승아에게 화풀이를 했다. 그렇지 않아도 까칠하고 예민한 승아의 두 눈에 쌍심지가 켜졌다.

“다들 나한테 왜 그래? 내가 어쨌다고. 내가 그렇게 만만해?”

승아가 목소리 볼륨을 최대치로 올리고 소리를 질렀다. 피오 목소리도 올라갔다.

둘의 소리가 커지자 여자 회장 공미미가 놀라서 달려왔다. 승아가 엄마한테 이르는 동생처럼 공미미에게 일러바쳤다.

“강피오, 네가 오해한 모양이네. 승아가 모르고 한 일이야. 네가 먼저 의자를 들어 달라고 했으면 좋았잖아."

"아, 몰라!"

피오는 밖으로 나가 버렸다.

그날 체육 시간은 정말 최악이었다. 또 민수랑 한판 붙었다. 민수는 축구라면 진심인 애다. 축구할 때는 펄펄 날아다니고 공격부터 수비까지 다 할 수 있는 멀티플레이어다.

민수랑 같은 팀이 되면 무조건 이긴다. 그날은 민수랑 같은 편이었다. 그전에 말다툼을 했지만 같은 편이어서 피오는 내심 기분이 좋았다. 그런데 그날따라 경기가 풀리지 않아 민수 팀이 2 대 1로 지고 있었다. 민수 주위로 상대편 아이들이 철통 수비를 했다. 민수는 제대로 공을 드리블할 수 없었다.

"야, 강피오."

민수가 웬일로 피오에게 공을 드리블해 주었다. 하긴 그 상황에서 마땅히 공을 넘길 사람은 아무도 없었다. 모두 골대 주변을 수비하고 있었던 것이다. 상대에게 뺏길 처지가 되니 어쩔 수 없이 공을 내어준 것이다.

피오는 굴러오는 공을 향해 크게 발을 내밀었다. 헛발질이 아닌 당당한 킥이었다.

'아싸!'

"야, 너 지금 뭐 하는 짓이야?"

민수가 소리를 질렀다. 그제야 공으로 눈을 돌린 피오는 깜짝 놀랐다. 상대팀 찬우가 공을 몰고 골대를 향해 달려가고 있었다. 찬우의 공은 그대로 골문으로 쏙 들어가 버렸다. 그 후 민수 팀은 의욕을 잃고 제대로 뛰지 못했다. 민수는 생전 처음 축구 경기에서 졌다며 굴욕적인 결과를 모두 피오 탓으로 돌렸다.

"바보, 멍청이!"

그렇지 않아도 공공의 적이 된 피오는 속이 상했다. 승리하고 싶고 잘하고 싶은 마음은 피오도 마찬가지였다.

학교 끝나고 피오는 가방을 메고 맨 먼저 밖으로 나왔다. 화가 날 때 지렁이 젤리를 먹으면 다 풀리는데 그날은 기분이 풀리지도 않았다. 길거리에서 놀고 있는 비둘기에게 저도 모르게 하소연을 했다.

"너희들이 부럽다. 날고 싶으면 날고, 앉고 싶으면 앉고. 축구 못해도 욕도 안 먹고!"

피오는 지렁이 젤리 몇 마리를 던져 주고 가방을 메고 터덜터덜 길을 걸었다. 집에도 가기 싫은 피오는 필통이나 새로 사야겠다고 쇼핑센터에 갔다. 엄마랑 늘 다니던 곳이라 눈을 감고 찾아도 어딘지 알 수 있었다.

피오는 무심코 엘리베이터에 올라탔다. 몇 층인지 누르지도 않았다. 그냥 아무 생각도 들지 않았다.

'텅' 하고 문이 열렸다. 피오는 엘리베이터에서 내렸다.

'뭐지?'

낯선 곳이었다. 뒤이어 층수를 확인하니 지하 37층이었다.

눈앞에 펼쳐진 모습은 엄마랑 가던 쇼핑센터와 차원이 달랐다. 가운데 분수대는 까마득하게 높은 곳에서 물을 뿜었고, 넓은 웅덩이 물은 바다처럼 깊어 보였다. 주변으로 펼쳐진 꽃밭도 꽃박람회장에서 봤던 것보다 더 풍성했다. 중간중간에는 놀이동산처럼 놀이 기구도 있었다.

'언제 이런 게 생겼지?'

피오는 터덜터덜 걸어 필통을 팔 만한 곳을 찾아다녔다. 멀리 푸른색 타일로 된 건물이 보였다. 가까이 다가가니 '귀신상점'이라는 간판이 있었다.

'뭐야, 전혀 귀신상점 같지 않잖아. 이왕 귀신상점이면 귀신 나올 것같이 생기면 좀 좋아? 귀신이랑 놀 수도 있고.'

피오는 불퉁거리며 안으로 들어갔다. 그런데 상점으로 들어선 순간 피오의 입이 쩍 벌어졌다.

인어눈물점 스티커, 용비늘 파우치필통, 추억포토카드, 기억쓱싹지우개, 내맘대로연필, 지네독풀, 탄주어 어항, 금혈어 뼈목걸이, 부엉이 눈알사탕, 멍멍이코 스티커, 선녀 머리띠, 두꺼비 딱지, 구렁이껍질 인대, 쭉쭉이 가면, 오뚝코팩, 빨간부채, 파란부채, 도깨비요술봉, 내맘대로변신마스크, 도깨비

모자, 여우구슬, 이무기필통, 뱀잡는 거미줄, 비형랑 부적, 요술램프, 새빨간지네 비옷, 도깨비 캡슐, 미래를 보는 거울, 지옥탐험지도…….

"우아, 대박!"

"어서 오십시오. 손님!"

뒤에서 누군가 인사를 했다. 인기척이 없었는데 느닷없이 나타나 피오는 깜짝 놀라서 돌아보았다.

"헉!"

피오는 여인을 보는 순간 너무 놀라 소리를 질렀다. 너무 아름다워 눈을 깜빡할 수도 없었다. 예쁘다는 차원을 뛰어넘었다. 예쁜 아이돌을 보면 '여신'이라고 하는데 그런 아이돌의 외모와 비교할 수 없었다. 세상에 진짜 여신이 있다면 이런 모습일 것이다. 표정은 온화하면서도 따뜻하고, 다른 사람을 꼼짝 못 하게 만드는 카리스마가 넘치는 모습이었다. 긴 머리는 반으로 묶었고 옷은 천상의 천으로 만든 것처럼 하늘거리고 가벼워 보였다. 옷을 장식한 무늬는 은색 가위와 삼색 실, 꽃씨와 은 씨가 그려져 있었다. 그런데 무늬들이 반짝반짝 빛을 냈다. 무늬들은 살아 있는 것처럼 꿈틀거리는 듯 보였다.

"찾는 물건이라도 있습니까?"

여인이 묻자 피오는 간신히 정신을 차리고 물었다.

"여기 필통도 팔아요?"

"필통이라면 이리로 오시지요."

여인은 필통이 진열되어 있는 곳으로 피오를 안내했다. 그곳에는 수많은 필통이 있었다. 거북이 모양을 한 필통도 있고, 사자 모양 필통도 있고 귀여운 토끼 모양 필통도 있었다. 하지만 피오는 용비늘 파우치필통 앞에서 눈을 뗄 수가 없었다. 용비늘 파우치필통은 용 무늬 인형인데 비늘 하나하나 손수 작업했는지 반짝반짝 살아 움직이는 것처럼 보였다. 그 필통은 투명 사각형 상자에 담겨 있었다.

"이거 얼마예요? 교통 카드로도 결제할 수 있나요?"

얼마 전에 엄마가 교통 카드에 오만 원 넘게 충전해 준 것이 생각나 물었다. 여인은 미소 띤 얼굴로 대답했다.

"이 물건은 돈으로 살 수 있는 게 아닙니다. 때가 되면 직원이 받으러 갈 겁니다."

"진짜지요? 말 바꾸면 안 돼요!"

그때 누군가 코를 실룩거리며 들어왔다.

"심부름 다녀왔습니다. 그런데 어디서 맛있는 냄새가 나는데요."

순간 외눈박이 동물이 피오에게 다가오더니 킁킁 냄새를 맡았다.

"목요, 무슨 짓이야? 손님 앞에서."

"이건 몸에 안 좋은 냄새입니다. 분명 건강에 해로운 음식이라고요."

“이거 말하는 거야?”

피오가 지렁이 젤리를 흔들었다. 목요가 혀를 날름거리며 입맛을 다셨다.

“몸에 안 좋은 것은 많이 먹으면 안 돼. 널 위해서 내가 조금은 먹어 줄 수 있어.”

목요가 여인의 눈치를 살피며 작은 목소리로 말했다.

“목요!”

여인이 날 선 목소리로 부르자 목요는 입술을 축이며 아쉬워했다.

피오는 여인 몰래 지렁이 젤리 몇 개를 살짝 떨어뜨리고 뒤도 돌아보지 않고 엘리베이터를 타고 그곳을 벗어났다. 마음 같아서는 천천히 구경하고 싶었지만 여인의 마음이 언제 바뀌어 필통을 가져갈지 모를 일이었다.

피오는 필통을 꼭 끌어안고 집으로 돌아왔다. 엄마가 환기를 시키고 옆집에라도 가셨는지 창문은 모두 열려 있었다.

가방에서 필통을 꺼낸 피오는 찬찬히 들여다보았다. 보면 볼수록 정교하게 잘 만들어졌다. 용은 금방이라도 입에서 불을 뿜고 하늘을 박차 오를 것 같았다.

"네가 정말로 살아 있는 용이면 좋겠다. 너를 타고 하늘을 훨훨 날 수 있게!"

피오가 필통을 살살 어루만지며 말했다. 그러다 뭐라도 먹어야겠다고 생각하면서 주방으로 걸어갔다. 그런데 뒤에서 부스럭부스럭 이상한 소리가 들리고 뭔가가 피오 발을

건드리는 느낌이 들었다.

'뭐지?'

돌아서는 순간이었다. 필통이 굼실굼실 움직이더니 옆으로 쭈욱 앞으로 쭈욱 뒤로 쭈욱 늘어나고 머리에 뿔이 돋고 입에서 시뻘건 불이 뿜어 나왔다.
"으, 으악!"
피오는 너무 놀라 엉덩방아를 찧었다.
그때, 용으로 변한 필통이 갑자기 피오를 향해 불을 확 내뿜으며 말했다.
"타!"
불은 뜨겁지 않았다. 오히려 차가운 안개 같은 느낌이었다. 하지만 불길을 뿜을 때마다 피오는 뒤로 물러났다. 용이 고갯짓을 하며 피오를 돌아보았다. 이글이글 불타는 용의 눈길에 피오는 겁을 먹고 더 뒤로 물러났다. 피오가 말귀를 못 알아듣자 급기야 용이 새의 갈퀴 같은 발로 피오를 붙잡더니 자기 등에 앉혔다. 얼결에 피오는 용 머리의 뿔을 꼭 움켜쥐었다.
그 순간 용은 굉음 같은 소리를 지르더니 열려 있는 창문 밖으로 튀어 나가 하늘을 날았다.

"으악!"

용은 순식간에 높이높이 날았다.

멀리 공원에서 까칠 대마왕 승아가 갓난아이 동생이랑 노는 것도 보였고, 민수가 혼자 축구하는 것도 보였다. 용은 학교를 지나 개천을 지나 더 멀리멀리 날아갔다.

"우아!"

어느 순간 피오는 무서운 마음이 사라졌다는 것을 깨달았다.

자전거를 타면서 바람을 가를 때와는 차원이 달랐다. 시원하게 뻥 뚫린 허공을 나는 기분은 정말 끝내줬다. 아득히 보이는 도시와 도시 한가운데로 흐르는 강물 등 모든 것이 환상적이었다. 머리에 쓰는 디스플레이어로 가상현실 게임을 하는 것보다 더 실감이 났다. 이대로 계속 날아다니고 싶었다.

민수랑 말다툼을 한 일도, 꿈이 없어 웃음거리가 된 일도

바람과 함께 훌훌 날아가 버렸다.

갑자기 쿠쿵 하고 돌풍이 불었다. 용은 돌풍도 뛰어넘었다. 용맹스러운 용 위에 앉아 있으니 피오는 자신도 마치 용이 된 기분이었다.

멀리서 번쩍하고 번개가 쳤다. 그제야 용이 방향을 틀었다. 방향을 트는 도중 용의 몸이 잠시 흔들렸다. 피오는 순간 뿔을 쥐고 있던 왼손을 놓치고 말았다. 경황 중에 뭔가를 잡았는데 뜯기는 것 같기도 했다. 하지만 바람이 불고 번개가 치니 정신이 없었다. 간신히 놓친 뿔을 다시 잡았다.

집으로 들어오는 도중에 억수 같은 비가 쏟아졌다. 용은 거친 비를 뚫고 무사히 피오를 집에 데려다주었다. 비 내리는 날 하늘을 나는 일은 워터파크에서 물 폭탄을 맞는 것보다 훨씬 재미있고 스릴이 넘쳤다. 온몸이 시원하고 짜릿하기까지 했다.

용은 피오를 내려놓더니 그대로 사라져 버렸다.

"에구, 집 꼴이 이게 뭐야? 비가 들이닥치면 창문을 좀 닫지?"

엄마가 집으로 들어오며 목소리를 높였다. 거실에는 물이 흥건하게 떨어져 있고 장식장에 놓인 액자들도 죄다 쓰러져 있고 탁자 위 종이 뭉치들이 바닥에 떨어져 물기를 빨아들이고 있었다.

피오가 히죽히죽 웃으며 엄마를 맞았다.

"용 타고 하늘을 날아다녔어. 완전 근사했어."

"젖은 상태로 잠든 거야? 꿈까지 꾸고. 얼른 옷 벗어. 감기 걸리니까."

"진짜라니까."

"아직 덜 깼어?"

'꿈이었다고?'

피오가 긴가민가하며 옷을 갈아입는데 뭔가 톡 떨어졌

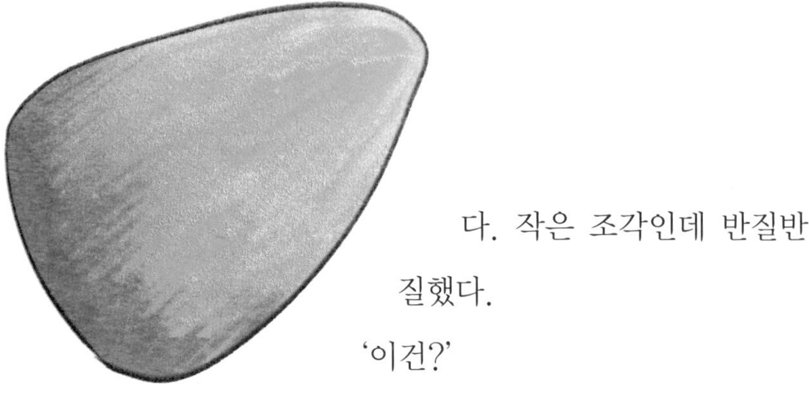

다. 작은 조각인데 반질반질했다.

'이건?'

용의 비늘이었다.

'꿈이 아니었어!'

피오는 밖을 내다보았다. 아직 비가 쏟아지고 있었다. 비늘을 만지니 비를 헤치고 바람을 가르던 느낌이 생생하게 되살아났다.

피오는 용 비늘이 소중한 전리품이라도 되는 듯 보물 상자에 넣었다. 그러다 옆에 있는 필통을 봤다. 필통 옆구리에는 반짝 빛나는 스팽글 한 조각이 빠진 자국이 있었다. 하지만 피오는 그게 중요하지 않았다.

하늘을 날던 기분을 잊어버리지 않도록 피오는 연습장을 꺼내 낙서를 시작했다.

다음 날, 학교에 가서도 피오는 어제부터 그리던 용을

계속 그려 나갔다.

“우아, 진짜 잘 그렸다.”

까칠 대마왕 승아가 웬일로 칭찬을 했다. 피오는 간질간질한 느낌이 들면서 기분이 좋아 배시시 웃었다.

“진짜?”

“내가 본 용 그림 중에 제일 잘 그렸어.”

승아가 활짝 웃었다.

“지렁이 젤리 먹을래?”

“좋아!”

승아가 고개를 끄덕였다. 피오가 가방 속에서 지렁이 젤리를 꺼내 주었다.

피오는 그림을 그리고 승아는 지렁이 젤리를 씹으며 피오 그림을 보았다. 승아가 보자 피오는 더 신중하고 정성스럽게 그렸다.

"우아!"

승아가 감탄하는 소리에 다른 아이들이 몰려들었다.

"진짜 잘 그린다."

아이들이 그림을 보더니 한 마디씩 했다.

"네 꿈은 돈 많은 백수가 아니라 화가 하면 되겠네."

민수가 소리쳤다.

순간 피오의 입꼬리가 하늘을 날 때처럼 쭈욱 벌어졌다. 그러곤 입 사이로 몽글몽글 연기가 피어오르더니 연두색 구슬이 바닥으로 톡 떨어졌다.

피오 발밑으로 누군가 다가와 쥐도 새도 모르게 연두색

구슬을 집어 갔다. 그러면서 바닥에 떨어진 지렁이 젤리 한 마리를 주워 누가 볼세라 입속에 넣었다.

'세상에 한 번도 안 먹어 본 사람은 있어도 한 번만 먹어 본 사람은 없다니까. 이 맛을 잊을 수 없으니까 말이지. 명진 아씨가 이 맛을 알아야 할 텐데.'

목요는 질겅질겅 젤리를 씹으며 어디론가 사라졌다.

명진 아씨는 목요가 가져온 연두색 구슬을 비밀의 꽃밭으로 가져가 시든 꽃에 거름으로 주고 축원의 가루도 뿌렸다. 그러자 축 늘어진 연두색 꽃이 싱그럽게 살아났다.

에필로그

똑똑, 덜컹덜컹.

이른 아침부터 귀신상점 문을 흔드는 자가 있었다. 문을 열기도 전에 찾아온 것을 보면 몹시 다급한 게 틀림없었다.

"누구냐?"

명진 아씨가 창문을 열며 물었다. 목요는 귀찮은 생각에 못 들은 척 누워 있었지만 귀는 밖을 향해 있었다.

"지금 꽃밭에 침입자가 나타났어요."

인면조 루루였다.

'침입자'란 말에 목요가 벌떡 일어나 밖으로 나갔다.

"어떤 간 큰 녀석이 이곳에 몰래 들어온단 말이야. 누구야? 내 이 녀석을 당장!"

목요는 보이지 않는 침입자를 잡아채기라도 할 듯 펄쩍

뛰었다.

"누군지 확인은 했고?"

멍진 아씨가 차분하게 물었다.

"녀석을 쫓다 놓쳤는데, 미스터햄으로 들어가는 것을 본 자가 있어요."

"미스터햄이라면!"

명진 아씨의 얼굴에 단박 그늘이 생겼다.

난 아름다운 것이 좋아.
그중에서도 지하 37층의 꽃이
제일 좋아. 이제 슬슬 나한테
어울리는 꽃을 찾으러 가 볼까?

〈귀신상점〉 시리즈는 계속됩니다. 다음 이야기에서는 머리 세 개, 꼬리 아홉 달린 삼두구미를 만날 수 있어요. 지금은 사람의 모습이지만, 2권에서는 무시무시한 괴물로 등장할 거랍니다.

임정순 글

아이들과 수다 떨면서 떡볶이 먹는 것을 좋아하고, 으스스하고 스릴 넘치고 재미있는 이야기를 쓰는 것이 꿈입니다. 한국일보 신춘문예에 동화가 당선되었고, 서울문화재단에서 창작지원금을 받고, 웅진주니어 문학상을 받았습니다. 지은 책으로 《하늘 모듬 살리기 대작전》《그 녀석 길들이기》《유령 집의 암호》《헐렁씨의 뒤죽박죽 만물상》《유탄의 탐정 수첩》《달빛초등학교 귀신부》 등이 있습니다.

다해빛 그림

햇빛이 가득한 포근하고 따뜻한 이야기를 그리고 있습니다. 어렸을 적 접한 한 책의 삽화에 이끌려 삽화 작가라는 꿈을 꾸게 되었고, 현재는 그 꿈을 이루었다는 사실에 행복하게 작업하고 있습니다. 그린 책으로는 《안녕, 걱정 인형》《구멍가게 CEO》 등이 있습니다.